AF296533

Ie

25847

LES
GRANDES ÉPOQUES
DE LA VIE
DE
NAPOLÉON Ier

POÈME

PAR AUGUSTE LE CAT DE SORDI

Prix : 25 centimes

<table>
<tr><td>PARIS
F. HUMBERT, ÉDITEUR
17, rue Cassette, 17</td><td>MIRECOURT
HUMBERT, IMPRIMEUR-LIBRAIRE-ÉDITEUR
31, rue de l'Hôtel-de-Ville, 31</td></tr>
</table>

1865

PARIS, LIBRAIRIE. — MIRECOURT, IMPRIMERIE HUNBERT.

LES GRANDES ÉPOQUES

DE LA VIE

DE

NAPOLÉON Ier

Napoléon au berceau.

Quand il naquit en Corse, heureux dans son berceau,
Que l'amour de sa mère entourait d'un rideau,
D'un léger mousticaire où la mouche volage
Ne pouvait de son dard piquer son beau visage,
On ne se doutait pas que la Victoire un jour
Viendrait le saluer et lui faire sa cour ;
Que sa main tresserait pour lui seul la couronne
Qu'au plus grand des héros l'Immortalité donne ;
Que reconnu par elle EMPEREUR DES FRANÇAIS,
Il vaincrait tous les rois jaloux de ses hauts faits,
Et qu'un aigle, portant de son Dieu le tonnerre,
Viendrait le proclamer le plus grand de la terre ;
Qu'à l'immense univers il dicterait des lois,
Et qu'un jour il serait le Roi de tous les rois.

Son entrée à l'École de Brienne.

A l'âge tendre encore, au sein de sa patrie,
Le Destin l'enleva sur l'aile du Génie ;
L'un et l'autre devaient guider partout ses pas,
Le conduire à Brienne, où des enfants soldats,
En le voyant venir crurent voir la Victoire
Arriver dans leurs rangs, alignés par la Gloire
Dont les fiers écoliers, élevés par ses soins,
De sa valeur plus tard ont été les témoins
Quand il brava sans peur, au sanglant pont d'Arcole,
La Mort qu'il méprisait dans sa célèbre école.

Son premier combat.

Voici le Bulletin de son premier combat :
La neige un jour tombait sur son pensionnat,
Couvrait de ses flocons une belle avenue
Où la Gloire passait quelquefois la revue
Des écoliers soldats par ses soins élevés
Pour être au champ d'honneur les premiers arrivés.
La neige blanchissait le jardin de l'Ecole
Où de Napoléon paraissait l'auréole
Qui déjà rayonnait sur son front large et beau
Que la Gloire ombrageait des plis de son drapeau.

Pensant à l'avenir, quoique très jeune encore,
D'un jour, pour lui superbe, il espérait l'aurore,
L'honneur de commander d'invincibles soldats
Et de vaincre avec eux d'orgueilleux potentats;
Rêveur, et caressant cette douce espérance,
En admirant le ciel, il priait pour la France,
Quand tout à coup il vit venir ses compagnons
Parmi lesquels étaient quelques soldats mignons
Que l'hiver fait pleurer alors qu'ils ont l'onglée
Ou qu'ils croient avoir la figure gelée;
Du Nord n'ayant jamais senti les plus grands froids,
De leur brûlante haleine ils réchauffaient leurs doigts;
C'est alors qu'il leur dit : Ramassez de la neige,
Façonnez des boulets et simulez un siége,
Faites des bastions sans chaux et sans ciment,
Et comme nos soldats, battez-vous bravement,
Vous aurez chaud alors. Sans tambours ni trompettes,
Pour combattre à l'instant leurs armes furent prêtes;
Un fort fut aussitôt construit dans le jardin
Où l'on venait rêver aux faveurs du Destin;
De deux cents assiégeants il fut le point de mire :
L'attaque commença, les assiégés sans rire
Sur leurs remparts de neige et tous les assiégeants,
Ces jeunes héritiers d'anciens soldats géants,
Devant Napoléon montrèrent leur courage,
Voulant de la valeur mériter l'apanage.

Ces soldats sans colère et sans barbe au menton,
Criaient en combattant : Vive Napoléon!
Il venait de gagner sa première bataille
Sans sabres ni fusils, sans canons ni mitraille;
Ce vivat fit grogner les assiégés vaincus,
Et répandit la joie au banquet de Bacchus
Où tous les combattants, invités par la Gloire,
En se serrant la main chantèrent la Victoire.

Ce combat d'écoliers, pour eux rempli d'appas,
Où la Mort n'a pas fait résonner un seul glas,
Du grand Napoléon fut le premier fait d'armes;
Celui-là ne fit pas couler d'amères larmes,
Il ne désola pas ces imberbes guerriers
Qui tous en se jouant ont cueilli des lauriers,
Armés de leur courage et de boules de neige
Qu'ils firent en riant non loin de leur Collége.

Le siége de Toulon.

Un jeune lieutenant, au siége de Toulon,
Cité qui renfermait alors plus d'un félon,
Un César inconnu, guidé par le Génie,
Dans un siècle expirant où de la Tyrannie
Aux clochers de la France on voyait les drapeaux
Flotter couverts de sang sur des tas de tombeaux,

Un aiglon que la Gloire élevait pour combattre,
Sur cette ville, un jour, vint planer et s'abattre :
Cet aiglon qui déjà manœuvrait le canon
Que fondit la Victoire, était Napoléon,
Qui, désolé de voir les malheurs de la France,
Près de ce port vendu vint avec l'espérance
De chasser les Anglais qui l'avaient acheté,
Sans se douter qu'un jour il serait racheté
Par des soldats français, guerriers de haute taille,
Qui font de la monnaie avec de la mitraille,
Pour payer l'ennemi, qui, sans pâlir de peur,
Achète la victoire aux dépens de l'honneur.

Là, Napoléon fit sa première campagne,
Sur le sable brûlant d'une chauve montagne,
Il conçut le projet de reprendre Toulon,
Où la Reconnaissance irait graver son nom.
La Victoire avec lui traça le plan du siége ;
Cet ouvrage de l'art ne cachait aucun piége,
Et prouvait clairement que malgré les Anglais,
Toulon serait repris par cet aiglon français,
Qui de son vol rapide, irait faire une ronde,
La ronde que César a faite autour du monde.

L'élève de Brienne avait fait des jaloux,
D'ignorants généraux le dédaignèrent tous ;

D'un cartel il voulait leur envoyer la carte,
Et leur montrer comment se bat un Bonaparte,
Quand la Convention qui régnait à Paris,
Désirant de ce port chasser nos ennemis,
Donna l'ordre à l'auteur de ce plan remarquable
D'attaquer la cité qu'on croyait imprenable.
Napoléon joyeux, du haut d'un mamelon,
Lançant un fier regard qui fit trembler Toulon,
Sur un poteau traça : « Batterie infernale » ;
Et là, près de la mort, personne n'était pâle,
Les artilleurs criaient : Vive la Liberté !
On entendait au loin les cris de leur gaîté ;
Veillant sur leurs canons qui leur servaient de siége,
Ils attendaient l'instant de commencer le siége,
Quand du Pouvoir un ordre arriva tout à coup.
Un bruit terrible alors fut entendu partout,
Et Toulon, où flottait le drapeau de la guerre,
Crut voir crouler ses murs sous les coups du tonnerre.
Deux cents bouches à feu vomissaient des boulets,
Des bombes, des obus dans les rangs des Anglais.
Près de Napoléon la Mort seule était pâle,
Les Français devant elle avaient une ardeur mâle ;
En avant, criaient-ils, la brèche est faite, il faut
Aller vaincre ou mourir en montant à l'assaut ;
Bonaparte entendit ces beaux cris de la Gloire,
Et bientôt à Toulon arriva la Victoire,

Portant avec fierté le drapeau dès Français
Qui fit fuir les marins et les soldats anglais.
Napoléon alors, pour ne pas qu'on l'oublie,
Courut à Marengo conquérir l'Italie.

Bataille de Marengo.

Napoléon rêvant sous son petit chapeau,
Ne savait pas qu'un jour notre vaillant drapeau,
Qu'il avait vu flotter au clocher de Brienne,
Serait cloué par lui sur les portes de Vienne,
De Berlin, de Moscou ; qu'il effraierait les rois,
Les peuples inhumains du bruit de ses exploits ;
Que sur son fier coursier aussi blanc que la neige,
Rapide comme l'air, léger comme le liége,
Il ferait défiler la Gloire sur son char
Et ses vaillants soldats sur le Mont Saint-Bernard ;
Que sur d'étroits sentiers, côtoyant des abîmes,
On verrait les Français, par des efforts sublimes,
Traîner, sans s'affaiblir, sur des troncs d'arbres creux,
Des canons sans affûts, de neige tout poudreux ;
Des chevaux se cabrant sur de glissantes boues,
Et des munitions dans des caissons sans roues ;
Les caisses du trésor de tous les régiments,
Des joyeux cantiniers, la cave et les enfants ;

De cent mille soldats toute l'artillerie,
D'innombrables boulets fondus par la patrie ;
L'attirail d'une armée en face de la Mort
Qui n'arrêterait pas ce merveilleux transport ;
L'élite des guerriers par la Victoire armée
Allant à Marengo grandir sa renommée
Aux applaudissements d'un soldat immortel,
Dont le petit chapeau touchait déjà le ciel.

Bravant des éléments la terrible puissance,
Ce jeune général fit triompher la France.
Mélas ne croyait pas que cent mille ennemis,
Auraient osé franchir, en chantant leur pays,
Cette haute montagne où la Mort implacable
Fait entendre les cris de sa voix redoutable,
Où sur des blocs de neige elle aiguise la faux
Que l'Enfer lui donna pour creuser des tombeaux ;
Où l'on n'avait jamais, d'une armée aguerrie,
Vu les vaillants soldats mourir pour leur patrie.
Le Ciel, pour éclairer cet élan sans pareil,
Pour ces hardis guerriers fit briller son soleil,
Et Mélas qui croyait les frapper de sa foudre,
A fuir honteusement dut bientôt se résoudre ;
De Bonaparte alors on vit à Marengo
Le coursier transporter la Victoire au galop ;
Là, devant les Français elle offrit sa couronne
A ce grand général que la Gloire environne ;

L'Autriche en fut jalouse, et Mélas envieux
A pâli de le voir s'élever jusqu'aux cieux.

Une mort glorieuse attrista la Victoire,
Hélas ! Desaix tomba sur le champ de la Gloire ;
Atteint par une balle où battait son grand cœur,
Il mourut dans les bras d'un immortel vainqueur ;
Quand l'armée en pleurant lui présenta les armes,
Napoléon sur lui répandit quelques larmes ;
L'encens de la patrie embauma son linceuil,
Et de vieux généraux portèrent son cercueil.

Après ce grand jour là, ces soldats du courage
A travers l'univers se firent un passage,
Et les rois que la peur faisait alors suer,
Devant Napoléon venaient les saluer ;
Sur son étendard d'or, après quelques années,
La Victoire grava : « Cent batailles gagnées
» Où Napoléon seul guida de grands guerriers
» Qui furent fatigués de porter leurs lauriers. »
A cette époque là, de chaque capitale,
Tous les rois encensaient la France sans rivale ;
Quand l'un de ses soldats, dans un pays lointain,
Allait avec la Paix, on lui serrait la main ;
Ses anciens ennemis, oubliant leurs défaites,
L'invitaient à venir à de joyeuses fêtes,

Où tous les assistants, chacun à son aspect,
Lui faisaient aussitôt le salut du respect :
C'est ainsi qu'en ce temps de gloire et de puissance
On accueillait partout les soldats de la France.

Bataille de Waterloo.

Hélas ! à Waterloo ce héros sans pareil,
Trahi par des ingrats vit pâlir son soleil ;
Hélas ! la trahison arracha la Victoire
Des mains de ses soldats baptisés par la Gloire ;
Sur ce champ de bataille on entendit la voix
D'audacieux félons payés par quelques rois,
Crier : Sauve qui peut ! La Garde inébranlable,
Ne s'épouvanta pas de ce cri redoutable,
Et lorsque Wellington fit parler en vainqueur
A nos fameux soldats qui tous lui faisaient peur ;
Sur le champ de la mort alors qu'avec jactance
Il osa faire dire aux soldats de la France :
« Intrépides soldats, aux vainqueurs rendez-vous,
» N'affrontez plus la mort et venez parmi nous, »
Leur dédain a puni cette audace insultante,
Leur calme fit trembler l'ennemi d'épouvante,
Et Cambronne irrité d'entendre ces paroles,
Et méprisant aussi ces fades glorioles,
Répondit aux Anglais, l'épée au bout du bras :
« La Garde au champ d'honneur meurt et ne se rend pas ! »

De ce héros breton, la réponse sublime,
Des Anglais fit trembler le généralissime,
Qui sans le vieux Blücher, dont la gloire a vécu,
Aux champs de Waterloo n'aurait jamais vaincu ;
Oh ! non, cet Anglais là qui caressait la Gloire,
N'aurait pas de nos mains arraché la Victoire ;
Si Grouchy fût venu rejoindre les Français,
Combattre à Waterloo, mourir comme Desaix,
La France aurait vaincu la Prusse et l'Angleterre,
Qui de Napoléon redoutaient le tonnerre
Que son aigle portait toujours dans les combats,
Où des lauriers ornaient le front de nos soldats.

De Grouchy l'Empereur attendait l'arrivée ;
Hélas ! de ce renfort la France fut privée !
Vandame à ses soldats criait : A Waterloo !
Et Namur entendit le bruit d'un long bravo.
Vandame, impatient de rester sans combattre,
Aurait voulu mourir sur le sanglant théâtre
Où l'Empereur faisait tonner deux cents canons ;
Chacun criait alors : A Waterloo, courons.
D'y courir à l'instant on ne donna pas l'ordre,
Et le Destin sema dans nos rangs le désordre,
La trahison vainquit et vola les lauriers
Que la Victoire avait cueillis pour nos guerriers,
Plus grands que leurs vainqueurs qui vainquirent sans gloire,
Des braves qu'on nomma les *Brigands de la Loire.*

Mort de Napoléon dans l'île Sainte-Hélène.

Dans cette île où la foudre interrompt le sommeil
De tous les habitants brûlés par le soleil ;
Où souvent dans les airs on entend la mouette
Dont les lugubres cris présagent la tempête ;
Où toujours le tonnerre éclaire de son feu
La nature mourante en cet horrible lieu ;
Où de cruels oiseaux éveillés par l'orage
Dévorent des noyés sur un affreux rivage,
L'Angleterre ordonna d'enfermer ce héros
Qui ne put y goûter un instant de repos ;
C'est là que l'univers vit un geôlier sans âme,
Sur ce triste rocher jouer un rôle infâme ;
C'est là que ce valet méprisé par l'honneur,
De l'inhumanité fut le premier acteur ;
C'est là qu'il fit souffrir et mourir ce grand homme
Dont le fils bien-aimé fut un jour Roi de Rome ;
C'est là que l'infamie a planté son drapeau,
Que de Napoléon on scella le tombeau ;
C'est là qu'il a perdu sa plus chère espérance,
Le bonheur de revoir encore un jour la France ;
C'est là que dut mourir, longtemps à petit feu,
Le vainqueur d'Austerlitz aujourd'hui près de Dieu.

« Hudson-Lowe ! cruel, honni par l'Angleterre,
» Sois toujours par la France exécré sur la terre. »

Translation des cendres de Napoléon Ier.

Du héros dont le pied foula tant de vaincus,
Les restes précieux nous ont été rendus ;
Par les ordres d'un roi, le Prince de Joinville
Fut chercher fièrement ses cendres dans cette île ;
De courageux marins portant notre drapeau,
Rapportaient du Martyr l'épée et le chapeau.
Quand son cercueil parut, la France tout entière
A genoux devant lui vint dire une prière ;
Le peuple, nos soldats, d'illustres généraux
Escortaient ce cercueil qu'entouraient nos drapeaux ;
Six cent mille Français dans les Champs-Elysées,
Sur le sol, sur les toits et du haut des croisées,
En répandant des pleurs encensaient le cercueil
Du guerrier dont le Ciel portait aussi le deuil.
A ce convoi funèbre où régnait le silence,
A ce triste cortége où l'on a vu la France
Venir manifester ses éternels regrets,
On dit qu'on ne vit pas paraître les Anglais :
Sans doute ils avaient peur qu'il revînt sur la terre
Pour allumer encor le flambeau de la guerre.

Folie ou sotte peur, pusillanimité,
Ce héros qui mourut dans la captivité
Et qui sera vengé par le Temps et l'Histoire,
Ne reviendra jamais commander la Victoire.
Sur la terre il n'est plus! il est mort immortel!
Et la Victoire en deuil l'a porté dans le Ciel.

Paris, librairie. — Mirecourt, imp. Humbert.

9 782019 927899